사랑이 으르렁

창비
청소년
시 선
25

사랑이
으르렁

김륭 시집

창비
교육

차
례

제2부 ●

사랑이
으르렁

제3부

돼지
자소서

제5부

한밤중
학교에서
생긴 일

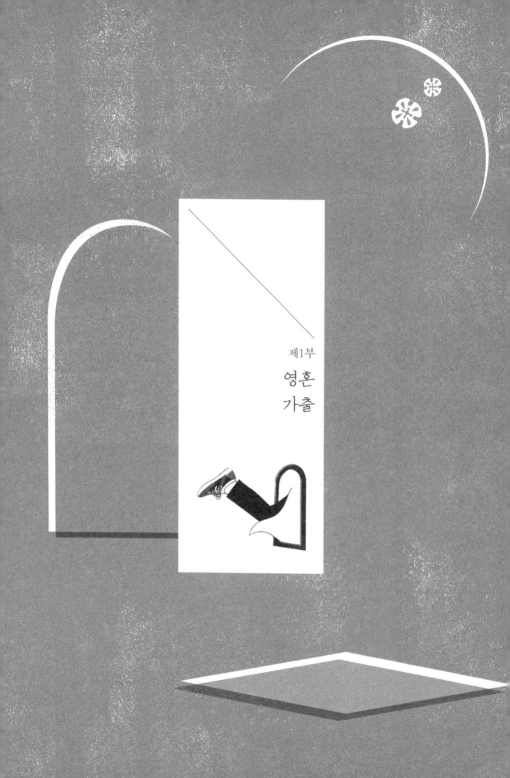

제1부

영혼

가출

심장으로 걸어 볼래

다리가 많다고 신발이 많다고
너에게 갈 수 있는 건 아니지

수백 개의 다리를 가진 다족류
밀리페드*라고 한들 다를 건 없지

시험에도 나오지 않는
너라는 책을 읽다가 알았지
말로도 발로도 다 할 수 없는 사랑이 있고
이별이 있다는 걸

그러니까 모든 연애는 주관식
뒤에서부터 읽어야 하는 책도 있지
그래서 그래

오늘부턴 좀 멋지게 걸어 볼래
난 이미 너에게 도착했으니까

심장으로 걸어 볼래

* '노래기'라고 불리는 절지동물.

좀비

우리는 오늘 다 죽었어요.
그러나 죽어도 바뀌는 건 없다.
공부는 계속된다. 사랑 따윈
죽었는지 살았는지
몰라도 된다.

정신 똑바로 차리지 않으면
아무 데도 못 간다.

죽었는데도 결석은 없다.
가끔씩 지각을 하는 애들이 긁적거리는
뒤통수가 그믐달처럼 떠오르고,
내일까지 무사히 죽어야지
공부는 계속된다.

죽어라 공부해도 죽지 않는다!

우린 이미 죽었어요.

말해도 모른다.*

* 강성은 「유령선」에서.

쌍수*

거울을 속일 수만 있다면
내 인생도 멋지다

거울에 호~ 입김 불어
손가락 일기를 썼다가
지운다

창문을 가릴 수만 있다면
내 사랑도 멋지다

창문에 호~ 입김 불어
손가락 편지를 썼다가
지운다

일기를 쓸 때의 기분
편지를 쓸 때의 기분

들통난 쌍수 때문이 아니다

나도 모르는 내가 있다

어떤 날은 거울 같고
어떤 날은 창문 같은

두 개의 기분

* 쌍꺼풀 수술.

시험 기간

내가 선생님이 되어 볼게
선생님이 된 나를 선생님으로 부르기 싫은
선생님들에겐 자장가를 불러 줄게

귀에 못처럼 박힌 열심히 하라는 말은
선생님 입속에 맛있게 넣어 줄게
선생님이 한 번도 안 가르쳐 준 이야기
선생님도 못 배운 공부 이야기를 노는 것보다
재미나게 해 줄게

야구 선수들이 던지는 게 야구공만은 아니라고
축구 선수들이 지르는 게 축구공만은 아니라고
볼링 선수들이 굴리는 게 볼링공만은 아니라고
쓰러지는 게 볼링 핀만은 아니라고
몸으로 보여 줄게

한 손엔 글러브, 한 손엔 볼링 가방 들고
학교 간다 축구화 신은 두 발로 둥근 지구를

찍어 누르며

시험 기간이라고 시험만 치는 게 아니라고
말해 줄게 아무리 시간이 없다고 해도
사랑하거나 이별할 시간은 있어야 하는 거라고
시험 기간을 축제 기간으로
만들어 줄게

던져 봐 신나게
야구공처럼 축구공처럼 볼링공처럼
머리를

영혼 가출

한밤중 베란다에 쪼그려 앉아
담배를 피우는 아빠를 보며 생각했다
영혼이란 게 있다면 빽빽 피워 없애야 하는
담배 같은 건 아닐까

그렇다면 아빠는 지금 담배 연기 내뿜으며
어디론가 날아가는 중
좋겠다, 아빠는 혹성 탈출 기분이라도
낼 수 있으니까

던가어기 빠아 던가어뛰 빠아 네가아날*
나는 아빠를 응원하는 마법의 주문을 외지만,

저놈의 담배 때문에 내가 못 살아
화분의 꽃들 생각도 좀 하고
살아요

몸만 집을 나가는 줄 안다 엄마는

가출은 영혼이 더 심하다는 걸
잘 모른다

아빠는 치과 의자에 앉은 기분이겠지만
나는 좀 안심이 된다 날마다 집을 나가는
내 영혼이 엄마에게 붙잡히는 날엔
뼈도 못 추릴 것이다

엄마 팬티와 아빠 와이셔츠가 뒤엉킨
베란다가 활주로 같다

봄이 오든 겨울이 가든 상관없다

슬슬 우주복을 꺼내
입을 때

* 기어가던 아빠 뛰어가던 아빠 날아가네.

돼지코

내 여친의 코는 좀 특별하지
꽃을 무척 좋아하는 돼지코

벌렁벌렁 내 여친의 코는 내가
혼자 조용히 책을 읽거나
잠을 자는 동굴

일요일인 어제는 소가 다녀갔지
밀린 숙제를 하다가 헹여
배고파 죽을까 봐
오늘은 부르지도 않은 닭이
구구구 찾아오겠지
내일은 오리가 물고기를 잡아 와
나눠 먹자고 할지 몰라

하루도 빠짐없이
착하고 순한 동물들이
꽃과 고기를 들고

찾아오는 동굴

아무도 드나들지 않아
심심한 날이면 혼자 벌렁벌렁
가래떡을 뽑기도 하는
내 여친의 코는 좀 특별하고
신비하지

달걀 1

내가 달걀에 대해서 모르는 것, 그것이야말로 진짜 중요하다.
정확히 내가 달걀에 대해서 알지 못하는
바로 그것이 내게 달걀을 준다.*

라면을 끓이는데 달걀이 없다. 정확하게 말하자면 문득, 사라졌다.

달걀은 닭으로 변장했다. 그렇다면 나는 으르렁, 호랑이로 변장할 수 있다. 선생님을 사랑할 수도 있다. 이 사실이 알려지면 달걀은 스스로 사각형이 되어 버릴지도 모른다. 그래도 괜찮다. 사랑은 늘 혁명이다. 달걀은 처음에는 삼각형이었지만, 우주에서 너무도 오랫동안 굴러다니다가 마침내 둥그런 달걀 모양이 되었으니까.** 나는 달걀이 닭의 영혼이라고 믿는다. 그렇다면 사랑은 사람의 영혼이다. 나는 달걀을 사랑하고, 달걀은 달에 가서 사랑을 공부한다.

너밖에 보이지 않는 밤이 좋아졌다.

으르렁, 호랑이로 변장한
내 사랑 좀 봐라.

*, ** 클라리시 리스펙토르 「달걀과 닭」에서.

반성문과 연애편지

글은 쓰는 게 아니라 우는 것이라고 써 놓고
진짜 운다. 반성문은 그래야 한다. 몸이 아니라
마음으로 울다 보면, 나도 머리는 좀
돌아간다는 생각이 들고 그렇다면 시인이
뭐 별거냐, 하고 이렇게도 쓴다.

글은 쓰는 것이 아니라 쏘는 것이다.

연애편지는 그래야 한다. 이럴 때는 내 인생도 좀
멋지다는 생각이 든다.

돌아가신 할아버지가 감동적으로 봤다는
서부 영화 「황야의 무법자」나 「OK목장의 결투」에
등장하는 총잡이처럼 죽지도 않는
주인공처럼 쏜다. 내 심장을, 그리고 네 심장을 꿸
내 사랑은 이 땅의 모든 인간을 대표해서
내게 일어난 불멸의 사건, 탕! 탕!
방아쇠를 당기는 순간

세계는 다시 시작된다.

선생님, 저 알아보시겠어요?
방금 다시 태어났거든요. 두 눈 껌뻑거리며
글은 쓰는 게 아니라 우는 것이라고 쓴
반성문을 연애편지처럼 내밀며
운다.

글은 쓰는 것이 아니라 쏘는 것이라며
총 맞은 문장은 지웠으니까 선생님 앞에서
꺼낸 울음의 반은 진짜가 아니다.
살짝 미안한 생각이 들지만 뭐, 어때
총알이 지나간 심장을 솔직하게
보여 주었다는 것만으로도
멋지다.

책으로 묶었으면

베스트셀러가 되고도 남았을
나의 반성문은 내가 나에게 쓰는
연애편지.

야자*

밤마다 환하게 불을 밝힌 모든 교실은
가끔씩 달로 변해 신비롭지
스쿨버스가 아니라 은하철도 999를 타고 온
철이와 메텔이 있지

교실 창문 안을 흘끔거리면
반바지 입은 꼬꼬댁 같은 선생님들이
지붕을 뚫고 하늘로 도망가 별이 되려는
애들을 붙잡느라 파닥대는 모습을
구경할 수 있지

* 야간 자율 학습. 찰스 부코스키 「그리고 달, 그리고 별들, 그리고 세상」
을 패러디함.

그 애가 울까 봐

꽃을 그리려다
나비가 올까 봐 구름으로
덮어 버렸다

구름 위로 올라가
열심히 비를 만들었다

엊그제 남친과 헤어졌다는
그 애가 울까 봐

결석

몸이 아프다거나 갑자기
집에 무슨 일이 생겼다고 말하려다
관뒀습니다

학교를 집으로 좀 오라고 했습니다

어쩌다 한 번쯤은 그래야 하는 것 아니냐고
말하고 싶었습니다

학교 대신 선생님이 왔습니다

몸이 아프냐고, 집에 무슨 일이 있냐고
교과서에 나오는 말 뒤적거리기 전에

몸이 아픈 것보다 더 급한 일이 있다고
학교가 모르는 어딘가로 떠나고 싶은
날이 있다고

우리가 살아 본 적 없는 세상으로
잠시 다녀오고 싶었다고

누군가는 말해야 한다고
생각했습니다

축지법

여섯 살로 갔다가 쫓겨난다. 스물아홉 살로 갔다가 쫓겨난다. 쉰다섯 살로 갔다가 쫓겨난다. 열아홉 살로 가 본다.

침대에 딱 달라붙어 있다. 엄마의 목소리가 플라스틱 밥주걱으로 날아올 때까지, 인생은 좀 더 흥미롭고 구체적이어야 한다. 세상에서 쫓겨나는 순간의 시간을 이기는 방법은 야한 생각이나 게으름밖에 없다. 양치질을 하면서 게으름의 어깨를 툭툭 쳐 준다. 거울에 먹물이라도 찍 갈길 수 있게 오징어로 태어났으면 참 좋겠다는 생각이 드는 아침, 미친 듯이 달려 정류장에 닿으면 어김없이 지나가는 버스, 꽁무니에 아빠 얼굴이 붙어 있다. 세차만 하면 비가 온다나, 엄마는 아직도 아빠를 하늘로 알지만 착각이다. 멍 때리는 일로는 맛볼 수 없는 신비 또한 게으름의 힘이다. 미친 듯이 달린다. 바람이 툭툭 어깨를 쳐 준다. 미친 듯이 놀고 미친 듯이 공부하고 미친 듯이 연애하는 건 누구나 할 수 있는 일. 그러나 미친 듯이 게으름을 피우는 일은 아무나 할 수 있는 게 아니다. 안 되는 게 없다. 축지법이든 장풍이든.

선생님, 우리도 학생이기 전에 남자고 여자예요.

사람이란 말이에요. 마음만 먹으면 안 되는 게 없는 나이예요.

그런데 갈 데가 없어요.

한 살로 가 본다. 처음부터 다시 울 수 있는지

엄마 배 속으로 가 본다.

19금

살짝 뽀뽀는 되지만
키스는 안 돼
하나가 되는 건 좋은데
그건 하나가 녹는 거야
하나가 녹으면 하나도 따라
녹아야 진짜 하나야
그렇게 녹아 없어지는 거야
그런 사랑을 못 해 봤으니까
싸우는 거야
우리 엄마 아빠처럼
하나가 녹지 않는 거야
하나가 녹지 않으니까
다른 하나도 녹지 않는 거야
할 일이 뭐 있겠어
싸울밖에
사랑은 참 어려운 거 같아
우린 얼마나 다행이니
태어날 때부터 19금이니까

해마다 다시 태어나는
눈사람이니까

제2부

사랑이
으르렁

첫눈이 오면

입 없이 하고 싶은
말이 있다

꺼질 듯 꺼질 듯
서로 멀리서

하얀 눈 맞고 앉은
검은 돌이라면
어때

있어도 없는 듯
없어도 있는 듯

눈사람에게 빌린
목소리로

사랑 맞지?
우리

롤리팝

시험 기간만 되면 그 앨 못 본다.

공부가 사랑과 마주치는 순간 나는 비겁해진다. 사랑이다, 또 도망가야 한다. 마약치킨이나 회오리감자 따위가 먹고 싶다는 생각을 하게 되고, 밥이 똥으로 변할 때의 감정을 이해하게 된다.

입안에 머리를 넣고 빨아 먹고 싶을 때가 있다.

다행이다, 사랑은
뇌가 없다.

구름 씨[*]

내가 참 한심하다는 생각이 들었다

하루 세끼 꼬박꼬박 챙겨 먹고 학교 다니는
내가 쓸데없이 착하다는 생각이 들었다

학교에 오지 말아야 한다는 생각이 들었다
일단 집에 가서 집을 나가야겠다는
생각이 들었다

나라는 존재가 누군가 들고 다니는 휴대폰보다
못하다는 생각이 들었다

나를 죽이기 위해 거짓말처럼 접히는 폰이
출시되었다는 생각이 들었다

내가 지금 죽었는지 살았는지 궁금했지만
볼 꼬집어 달라고 부탁할 인간 하나 없다는
생각이 들었다

이런 생각이 드는 날의 기분은
거울도 아니고 창문도 아니어서 비라도 좀 오면
좋겠다는 생각이 들었지만, 하늘이 먼저
쩍쩍 갈라져 있었다

잠이나 잘까, 하고 책상에 엎드리면
잠이 부족한 게 아니라 사랑이 부족하다는
생각이 들었다

선생님, 쉬는 시간엔 연애 중입니다

집 나간 마음 찾으러 몸 밖으로
나가 보는 중입니다

* 인공 강우를 만들기 위해 구름에 뿌리는 화학 물질.

백일홍

우리에게 공부가 전부라면
매미의 전부는 울음이다

누가 더 인간적인지 묻고 싶을 때가 있다

여름 방학이면 백일홍 지하 창고에 아직
끝나지 않은 첫사랑 묻어 놓고

머리띠 질끈, 동여매고 공부하는 척

울음 속으로 들어가
눕고 싶었다

가을 1

벌레들이
비행기에게, 너도
가을이구나 또 혼자서
외로운 일만 하겠구나
열심히

하늘이 참 많이
아프겠다

비행기가
벌레들에게, 나
죽으면
땅속에서 날아야
하는 거지?

사랑이 으르렁 1

보랏빛이 살짝 비치는 파란 드레스 차림의 소녀와 하얀 개가 등장한다.

암탉의 내장 같은 카펫이 깔린 실내 계단 모퉁이, 소녀는 엄마에게 야단이라도 맞은 게 틀림없다. 무척 우울해 보이고, 개는 그런 마음을 안다는 듯 소녀의 어깨 위에 가만히 머리를 올려놓고 있다.

소녀는 '반성' 계단에 앉아 벌을 받는 중이다. 손으로 턱을 괸 채 슬며시 치뜬 눈빛을 따라가면 노란 병아리가 콕, 지렁이 한 마리 입에 물고 하늘을 잡으러 다닐 듯 봉봉봉 아무도 제 마음을 몰라줘 속상하고 외롭다는 표정으로 소녀는 그림* 속을 걸어 나온다.

봄이 모르는 꽃이 있다. 소녀의 어깨 위에 가만히 머리를 올려놓은 하얀 개의 까만 코 옆에 붙은 작은 점처럼…, …….

영국 빅토리아 시대의 화가는 화가 나 뾰로통해진 딸아이의 모습을 잘 기억해 두었다가 이 그림을 그렸다고 하지만, 아니다. 미술 애호가들은 서로의 체온을 나누며 한곳을 바라보는 소녀와 개의 모습이 따뜻하고 다정해 입가에 웃음이 고인다고 하지만, 아니다. 이 그림이 찬사를 받은 이유는 따로 있다. 그림 속이 아니라 바깥에 있다.

　　소녀는 엄마가 아니라 사랑에게 야단을 맞은 것이다.

　　개도 소녀를 따라 그림 속을 걸어 나온다.

　　으르렁, 사랑이 등장한다.

* 브리턴 리비에르 「교감」.

사랑이 으르렁 2

학교 밖에서도 으르렁, 으르렁대는
소리가 들린다. 고 2가 되자 교실마다 으르렁으르렁
서로 잡아먹지 못해 안달인 몇 마리가
꼭 있다.

호랑이도 아니면서 으르렁, 사슴이나 기린 같던
여학생들마저 으르렁, 한다.

쌤들은 그냥 지나가시길, 물소처럼 얼룩말처럼
들어도 못 들은 척 무사히 지나가시길, 부디
공부 따윈 입에 담지도 마시길.

으르렁, 사랑하고 싶은 것이다. 으르렁!
사랑받고 싶은 것이다.

바로 지금이다, 으르렁. 지금 으르렁대지 않으면
어디 한번 제대로 울어 보기나 하겠는가.

사람은 식물과 친해야 한다고 하루가 멀다 하고
날 을러메고 을러대던 엄마가 그랬다.
평생을 울지도 못하고 살았다.

사랑니 1

야자 마치고 학교 앞 편의점에서
컵라면을 먹는다. 거리는 깜깜해졌고
하늘에는 별 서너 개 사랑니처럼 돋아 있다.
나는 후후, 가느다란 면발을 빨아 당기며
저 혼자 집으로 가는
길을 우두커니 지켜본다.

나는 지금 안녕한가, 그 애는 발을 씻었을까
저 별들의 뿌리가 속눈썹에 닿았겠지.
벌레 먹은 어금니까지 가느다란 빛으로
때워 주었겠지.

컵라면 하나가 이렇듯 사랑스럽게
따로 놀던 몸과 마음을 동여매 주는 시간,
어쩌다 마주칠 때마다 수줍게 웃던
그 애의 사랑니가 컵라면 국물 속에서
반짝이기 시작한다.

나는 이제
제아무리 깜깜한 어둠 속에서도
사랑을 알아볼 수 있다.

순식간에 불어 터진 면발들이
그 애의 꿈속으로 들어가는 지름길까지
알아낼지 모른다는 생각 끄트머리,
그믐달의 이마에 풍선껌처럼
귀뚜라미 울음 붙여 놓고

나는 또 피가
뜨거워진다.

사랑니 2

치과에 갔더니 사랑니가
나보다 먼저 누워 있다고 한다

똑바로 나지 않고 기울거나 누워 있는
사랑니는 뽑아야 한다며 더 크게
입을 더 크게

무섭다, 아직 오지도 않은 사랑인데
갸웃갸웃 걸어오다 크게 벌린 입을 보고
도망갈까 봐

하긴 무슨 걱정이야
내가 가면 되지, 인도호랑이처럼
달려가면 되지

사랑니 뽑고 사랑 잡으러 간다

나는 천둥 번개도 잡아 와

키울 수 있다

사랑이 으르렁 3

길가의 꽃들이
눈에도 보이지 않는 벌레들이
어쩐지 발길에 툭툭 차이는
돌멩이들이

호랑이도 아니면서
으르렁, 한다

너를 끝끝내
잊지 않을 나의 야생이
사랑이란 가죽을
뒤집어쓰고

시동이 꺼진
구름에게도 으르렁
인사를,

일요일

  베란다 건조대에 널어놓은 교복에서 뚝뚝 학교가 떨어
졌다 학교가 떨어지자 선생님이 떨어졌고 나도 구멍 난 양
말처럼 떨어져 있다 교복은 이제 날아갈 일만 남았다 먹
물을 다 제거한 대왕오징어처럼 말라 가는 교복, 가벼워져
가는 교복, 마른오징어 같은 일요일 나는 머리에서 종소리
가 나도록 오징어 다리 질겅거리며 교복이 세상 밖으로 날
아가기를 기다려 보는 것이다

Happy Birthday

염소수염 같은 잔소리를 듣다 보면
평생 학교에 다니더라도 학교 선생님은
안 하겠다는 생각이 들지

오늘은 학교 책상 위에
교과서 대신 생일 케이크 올려놓고
촛불을 켜고 싶네

다 함께 박수를 쳐 주면
촛불들이 운동장으로 뛰쳐나가
춤을 출지 몰라

교장 선생님이 뒤뚱뒤뚱, 그 뒤를
선생님들도 오리처럼 꽥꽥
운동장을 가로지르겠지

우리는 눈을 감고 참 재미있게
세상을 구경하겠지 생일 케이크보다

먼저 구름을 나눠 먹겠지

제각기 의자를 타고 하늘 높이
날아오르겠지

책상에 턱 괴고 주인을 기다리는
개들에게도 울긋불긋 말풍선을
생일 선물로 나눠 주겠지

선생님 따라오지 마세요 오늘은
엄마 배 속으로 사고 치고 온 게 없나
봉사 활동 가니까요

치약

학교 가지 않는 날은 양치질도 귀찮다.

오늘은 선생님 허리를 꾹 눌러 짜 볼까 해요. 죄송해요,
선생님
선생님의 그 날씬한 말씀으로 이를 닦아 볼까 해요.

공부가 깨울 때는 좀 게겨도 되겠죠. 밥 먹듯 평생 해야
하니까요. 그런데
사랑이 깨울 때는 벌떡, 일어나야겠죠?

침대에 달라붙어 생각만 해도
인생이 개운해진다.

제3부

돼지
자소서

종이 의자

알아?
생각은 구름이 아니라 엉덩이라는 거

내 꿈 꿔

한밤중의 문자 메시지가
우주 밖으로 나와 만나자는
속삭임 같아서

엉덩이마저 무슨 생각을 하는 것처럼
침대 위로 가만히 떠오른다

그러니까 엉덩이는 가끔씩
뒤에 있는 게 아니라 앞에 있는 것일지도
네 무릎 위에 올려놓으면
도망간 잠을 찾아다니는 달처럼
따뜻해질지도

오늘처럼 눈이 오는 날엔
학교에 있어야 할 비파나무가
아기 눈사람까지 가만히 데리고 와서는

앉아 본다

내 엉덩이가 의자인 양

슬그머니

돼지 자소서

급식실에서 삼천 년 전 돼지가 쓴 자소서가 발견되었다.

돼지가 무슨 자소서야? 너는 소곤거렸지. 식당 메뉴판 수준일 거야. 모두가 비웃었지. 웃겨! 총 맞은 돼지일 거야. 아이들은 온갖 이야기들을 꾸며 대기 시작했고, 먹기만 하다가 인간의 꿈속에서 쫓겨난 돼지가 틀림없을 거라는 선생님의 주장이 설득력을 얻었다.

문제는 그다음이었다. 그러니까 우리가 지금 쓰는 자소서와 돼지가 쓴 자소서 내용에 관한 논란이었다. 거의 비슷할 거라는 의견과 완전히 다를 거라는 의견이 팽팽하게 엇갈렸다. 답이 생각보다 복잡했다. 그딴 건 몰라도 되니까 공부나 해. 정육점 칼 같은 선생님 말과는 다르게 세상에는 궁금한 일이 많았다. 꼭 알아야 하는 일과 몰라도 되는 일 중 어떤 게 더 중요한지 입꼬리를 말아 올리는 아이들이 많아졌다.

결국 우리는 돼지 자소서를 타임캡슐에 넣어 가슴에 묻

어 두기로 했다. 돼지가 쓴 자소서의 첫 문장은 알고 있었으므로, 우리는 날마다 무엇인가 색다르고 흥미로운 이야기가 밥 먹는 일보다 더 간절했으므로, 공부든 연애든 제대로 하고 싶었으므로……

"심장에게 먼저
갔다 와라!"

대추나무 트위터

공부는 좀 해?

그 애가 물었고, 나는 일 초의 시간도 아까웠지. 교복 단추 하나가 툭 떨어지던 아침 이미 예감했었는지 몰라. 벼락같은 사랑이 찾아올 거라는 걸 말이야.

당근이지. 공부밖에 몰라야 한다는 게 가훈이야.

나는 그 애의 뾰족한 입을 쳐다보았지. 그러곤 조마조마, 그래 사귀자,라는 감미로운 지저귐을 홍당무에 목을 맨 조랑말처럼 기다렸지.

그래?
당근.

그럼 꺼져!
…….

공부밖에 모르는 애는 딱 질색이야.

……

영혼이란 게 있다면 자석에 붙은 쇳가루 같은 모습으로 추억될 거야. 교실을 깜박거리던 형광등은 못내 눈을 감았고, 대추나무 트위터에서는 벼락 맞은 대추나무의 안타까운 사연이 쨋쨋 흩어지고 있었지.

옥수수 엔딩

땡글땡글 옥수수 알갱이 같은 울음이
언제 쏟아질지 몰라, 그 애는
늘 웃고 있지만

가정 폭력 등으로 갈 곳을 잃은
아이들이 산다는 보호 시설에서 학교를
오가는 애

통금 시간이 밤 11시라는 그 애를
보고 있으면, 나는 내가 얼마나 자유롭고 행복한지
그래서 내가 나에게 얼마나
미안한지 알게 돼

여름과 겨울이면 입가의 웃음이
더욱 무성해지는 그 애, 일 년에 두 번
개인당 십만 원어치의 옷을 살 수 있어서
참 좋다는 그 애

누구도 과거로 돌아가 새 출발을
할 순 없지만, 누구나 지금 시작해
새 엔딩을 만들 수는 있지*

오늘은 그 애랑 한참을 걸었지
떡볶이와 김밥을 먹으면서 선생님보다
잘난 척도 했지

지옥을 걷고 있다면, 계속해서 걸어가라**

조금만 더 걷자 저 달까지만
달빛 아래, 검은 갈색의 옥수수수염처럼
밤 11시가 가까워질수록
그 애의 웃음이 참
눈부셨지

 * 카를 바르트의 말.
** 윈스턴 처칠의 말.

배롱나무 패거리들

선생님 말씀은 다 살이 되고 뼈가 된다고 한다

오늘도 가만히 내 어깨 감싸 안으며
엉뚱한 생각 말고 무조건 공부! 알았지?
넌 할 수 있어

감동이다, 정신 따윈 없어도 된다는 얘기다

교문을 나서면 기다렸다는 듯 길 건너 서 있는
배롱나무 패거리들, 볼 때마다 겁난다
공부 같은 거 때려치우고 꽃 피우러 가자고
꼬드길까 봐, 키들키들 마음까지
간지럼을 태울까 봐

다 살이 되고 뼈가 된다는 선생님 말씀 탓이다

머리가 자꾸 뚱뚱해지고 단단해진다
얼른 꽃을 꺼내지 않으면 뺑! 옆구리가

터질지 모른다

참 좋다, 나는 가끔씩 사람이
아닌 것 같다

모리가 궁금해

'자기'라고 불러 달라고 했다.
처음엔 살짝, 귀를 의심했지만 분명히 그랬다.
꿈속에서 잠깐 만났던 돼지가 나를 따라
꿈 바깥으로 나와서는

자기를 '자기'라고 불러 달라고 했다.
돼지가 자기라니, 도무지 이해할 수가 없었다.
엄마와 아빠가 서로를 자기라고 부르는 것과는
다른 문제였다.

이건 문화적 차이라고 해도 말이 안 된다.

이름이 뭐냐고 물었다. 모리라고 했다. 그러나
이름 따윈 기억하지 않아도 되니까 앞으로 만나면
'자기'라고 불러 달라는 말을 남기고
처음 만났던 꿈속으로 거짓말처럼 돌아갔다.

나는 돼지가 왜 '자기'라고 불러 달라고 했는지

아직도 이해할 수가 없다.

물론 여러 가지 추측은 해 볼 수 있다. 가령 내가
돼지처럼 먹는 것만 밝히며 살기 때문?
어쩌면 내가 사는 모습을 꿈속에서 지켜보던
돼지가 나에게 홀딱 반했을 수도 있다.

나는 모리가 잘 지내고 있는지 궁금해
가끔씩 꿈속을 훔쳐보곤 한다.

요즘은 사는 게 만화책의 주인공이 된 듯
어리둥절하고 애매모호한 기분도
모리 때문인가?

열대야

인생이란, 교회 오빠가 건네는 달콤한 아이스크림
같은 게 아니라고 아이스크림이 말했다.

어느 날 불쑥,
아이스크림이 도망가자는
말을 할 수도 있다.

우리는 서로 귀를 의심하게 된다.
펭귄을 만나러 가자는 말일까, 공부나 하라는 말을
시적(詩的)으로 표현한 걸까
두 눈을 동그랗게 굴리게 된다. 그리고
천천히

아이스크림을 쳐다보며 아이스크림의 맛은
머리가 어떤 생각을 하느냐에 따라
달라질 수 있다는 걸 알게 된다.

아무 생각 없이 아이스크림을 먹으려던
우리는 아이스크림이 우리보다 더
비행기를 자주 타고, 북극곰과 친하다는
사실을 알고 놀라게 된다.

아이스크림의 말을 알아들은 사람은
아이스크림을 데리고 방 탈출 게임방이든
방탄소년단 콘서트든 어디든
가야 한다.

물론 나는 못 들은 척한다.

공부 좀 하면 뭘 하나?
인생은 교회 오빠가 아니라는 걸
아이스크림보다도 모르는
교복들, 미련한 곰탱이들은
좀 꺼져 주시지.

냉이꽃

공부 안 하면 나중에
밥값도 못 하는 사람이 된다고,

선생님 잔소리가
여왕벌처럼 왕왕거리는 날
오늘은 독서실 가서 뼈를 묻겠다고,

두 주먹 불끈 쥐고
다짐해 보는 것인데 문득
배가 고프다, 다 먹고살자고 하는
짓인데 독서실은 밥부터 먹고
가자고,

버스를 기다리는데
앗! 그 애다 폼 나게
맞춰 입은 교복 부끄럽게
처음으로 고백하고 멋지게 까였던
사랑이다, 후다닥 숨거나

도망가야 하는데 꼼짝할 수가
없다

이러다간 밥값은커녕
얼굴값도 못 하게 생겼다 저만치
둥둥 똥 덩어리처럼
떠내려가던 내 얼굴이 나를
빤히 쳐다본다

쪽팔려 죽겠다는 말은
이럴 때 쓰는 거다

나는 또 죽었다 오늘도

집에 가서 밥 먹고
독서실 가서 뼈를 묻기도 전에,

냉이꽃으로 피었다

선생님은 모름

　우리 집 늙은 고양이 눈에 또 날벌레 한 마리 걸렸다 날기는커녕 두 발로는 제대로 걷지도 못하는 주제에 앞발 들고 쫓아다니느라 난리가 아니다 이럴 땐 웃긴다고 해야 하나, 미안하다고 해야 하나, 우리 반 꼴통들 쫓아다니는 선생님 생각이 나서 실실, 자꾸 웃음이 콧수염처럼 돋아난다 턱수염처럼 흘러내린다

물고기 키스

물고기는 울고 싶을 때
울고 싶어도 참아야 할 때
무슨 노래를 부를까?

소년은 물고기를 분양받아 왔다 소녀는
그 물고기를 어항이 아니라
입안에서 키운다

그날 이후 소녀의 입안에서 물소리가 들렸다

물고기가 울고 싶을 때 부르는 노래이거나
못다 한 이야기를 가라앉히기 위해 틀어 놓은
음악이라고 말할 수 있다

소녀가 소년에게 문자를 보냈다

가끔씩 우리에겐 음악보다
아름다운 말이 필요해

가자미와 넙치

우리 반 애들은 수준이 좀 낮다
말하는 수준, 옷 입는 수준, 생각하는
수준, 연애하는 수준
기타 등등

수준이 좀 많이 낮다 특히
시를 읽는 수준은 완전 바닥이다

자라면서 왼쪽에 있던 눈이 오른쪽으로
옮겨 왔다는 가자미처럼, 물론 반대로
오른쪽 눈이 왼쪽으로 옮겨 온
넙치도 있다

커닝을 할 땐 더할 나위 없이 좋겠지만
연애가 제대로 될 리 없다

공부깨나 한다는 애들은 더 그렇다
참 안됐다 학교 탓 부모 탓이나

해 대며 바닥에 숨어서 우는
애들이 많다

'오늘 흘린 침은 내일 흘릴 눈물'

아무래도 급훈 탓이다

참다못해 확 바꾸기로 했다
반성문 백 장쯤은 제출해야겠지만
누군가는 가자미에서 누군가는 넙치에서
탈출을 감행해야 한다

연애 좀 잘하자

나의 몬스터

어떤 문제라도 답을 아는
이 지구상의 선생님이라면
으르렁, 나를 사랑하지
않을 수 없다

어떻게 진화할지 모르는 몬스터
나도 모르는 나의 몬스터
언제 어디서나 으르렁, 나를 열고 나오는
나의 가능성

사랑해라, 네가 누구든
말을 얻지 못한 짐승이든 사랑할 수밖에 없다
나는 오늘도 사람이 아니라
사랑이 된다

으르렁, 너 또한
나를 사랑할 수밖에 없다
나는 문제를 일으키기 위해

태어났기 때문

사랑해라

비옷

비가 사람을 입고 걸어간다

아무도 시키지 않은 일을
하면 할수록 더 외로운 일을
공부보다 열심히 참 잘했다

지나간 내 사랑을 생각한다

제4부

눈사람
카페

첫사랑을 생각함

사과나무가 빼앗긴 사과를 찾으러 아이처럼 뛰어간다
자두나무가 빼앗긴 자두를 찾으러 소년처럼 뛰어간다
포도나무가 빼앗긴 포도를 찾으러 소녀처럼 뛰어간다

눈사람이 빼앗긴 첫눈을 찾으러 할머니처럼 뛰어간다

눈사람 카페

만약 심장이 생각을 할 수 있게 된다면,
심장은 그 자리에서 멈추고 말 것이다.
— 페르난두 페소아

일곱 살이나 아홉 살쯤으로 돌아가면 누구나 카페 하나
씩 가지고 있지 나도 몰랐고 그 애도 몰랐던 첫사랑이 곰
보빵처럼 숨을 쉬던 골목 안, 작은 카페 앞에 서 있던 눈사
람이 스르륵 움직이더니 달을 향해 걷기 시작하지 손님이
없어 잠자러 간 카페 주인도 주인이 없어 커피를 주문하지
못한 손님도 무슨 귀신 씻나락 까먹는 소리냐는 듯 심통스
러운 표정이지만 우리는 그런 저녁이 올 것이라고 믿고 살
지 우리는 모두 눈사람이 될 것이다 눈사람을 만든 그 애
가 자신의 심장을 눈사람 속에 넣어 놓고 갔기 때문이지

생선

내 목에 생선 가시가 걸렸을 때
너는 말했지 살을 다 발라 주었으니
뼈마저 내주고 싶은 거야

오징어 먹물을 뒤집어쓴 기분이었지만
이탤리언 레스토랑도 아니고 생선구이집이었지만
왠지 멋져 보였어

사랑은 그런 거라고,

생선은 누군가의 목구멍 깊숙이 말뚝처럼
가시 박고 못다 한 말을 매어 두고
싶은 거라고

문득 시인 같다는 생각이 들었어 네가 아니라
생선이 말이야 미안해 생선이 매어 두고 싶은 말은
전생에 두고 온 눈물 한 토막일 거야

목이 찢어질 것 같았지만
시인이 된 생선의 뼈아픈 사랑을 꿀꺽
넘겼지

그러고 보니 생선은 사랑을 할 줄 알고
시인은 이별을 할 줄 몰라서 닮았는지도 몰라

진짜 시인은
머리와 꼬리만 남은 접시 위의 생선을 보며
종이에 그린 비와 우산을 떠올렸을 거야
그리고 이렇게 썼을 거야

사랑해,라고 속삭이는
당신의 거짓말로 살기엔
가시가 너무 많다*

* 졸시 「물고기와의 뜨거운 하룻밤」에서.

똥머리

돌머리라뇨?
선생님이 잘못 보신 거죠.
절대 아니에요. 돌머리가 아니라
똥머리예요. 제 눈에 안경이라고 해 두죠.

선생님, 뒤 좀 돌아보세요. 머리가 좋아 공부는
좀 했을지 모르지만 아직도 못 보잖아요.
똥 말이에요. 하루도 빠짐없이
꼬박꼬박 챙겨 먹는 밥만큼 따라다니는
선생님 똥 말이에요.

절대 아니에요. 돌머리가 아니라
똥머리예요. 제 여친은 밥이나 돈이 든
머리 따윌 이고 다니진 않아요. 멋지잖아요.
똥머리, 똥이 가득한 똥머리가
전 좋아요.

변할 여지가 없잖아요. 변하면 또 어때요?

사랑은 쪽팔리면 안 되는 거잖아요.
할머니 집 마당에 묶인 누렁이 밥이 되거나
고추밭 거름이 될 거잖아요.

똥머리는 똥의 모양을 고정하는 게
핵심이에요. 뒤 좀 돌아보세요. 마음이란 게
그런 거잖아요. 똥똥 갓 구워 낸 빵처럼
따라다니잖아요.

그런데 돌머리라뇨?
선생님이 잘못 보신 거죠.
죽기도 전에 썩으면 안 되는 게
사랑이잖아요.

물티슈

누가 휴지에 물을 줄 생각을 했을까? 흠흠 그러니까, 휴지를 꽃으로 봤다는 우리 날국쌤*의 은유도 그 나름 설득력은 있지만 삼류야. 난 떡볶이 국물이 묻은 소녀의 입술을 꽃으로 닦아 주고 싶은 어느 소년의 사랑이 발명해 낸 창조물이라는 데 한 표를 던지고 싶어. 암튼 시 좀 쓴다는 우리 날국쌤처럼 머리로만 살지 말자. 휴지에 물을 줄 생각을 한 소년이 있다면 종잇장보다 메마르고 얇은 내 가슴에 불을 부어 줄 소녀도 있다는 말이니까.

* '날라리 국어쌤'의 준말.

달걀 2

사람도 깨진다 달걀보다 쉽게

사랑 때문이다 으르렁, 소리만 내도
깨진다

조마조마 시험 전날 밤, 라면을 끓일 때도
조심해야 한다 냉장고 문을 열면
달걀이 으르렁, 한다

세상은 책에서 배운 대로
돌아가지 않는다

달걀 하나라고 우습게 보지 마라
병아리가 아니라 호랑이가
나올 수도 있다

으르렁, 고백하러
너에게 간다

달과 이별

매일 밤 꿈에 네가 나타나 크크 웃는다.

나는 달을 베개 속에 넣고 꿰매 버렸다.

목도리도마뱀

내 안에 들어와 사는
목소리가 있다

독사란 별명을 가진
수학 선생님도 문제없다

사랑해

어쩌면 전생부터
접혀 있었는지 모르는
우산처럼

네 목소리를
펼치면,

여여(如如)*

사랑이 훅, 들어올 때

나는 다시 시작할 것이다

공부를 못해 책가방을 샌드백처럼 치기도 하고
싸움을 못해 내가 세상의 샌드백이 되어
흠씬 얻어맞기도 하지만,

아무도 몰래

나는 나를 스스로 걸어 나와
여여할 것이다

어제도 그랬고 오늘도 그랬고
나는 나를 제대로 살아 보지 못했지만
언제나 그랬지만,

타타타

그래 그거야 사랑이 훅, 들어올 때
나는 나를 다시 발견할 것이다

세상을 샌드백처럼 두들겨 볼 것이다

내일이 훅, 지나갈 때

* 산스크리트어 타타타(tathata)의 의역으로, '있는 그대로의 모습'을 의
  미.

스콜

우리는 지금 아이들과 어른들 사이를
밤낮없이 뒤집히는 모래시계
사막을 건너고 있다

나는 나를, 너는 너를 건너고 있다

아무것도 없어서 사막이 아니라
있어야 할 것이 너무 많아서
사막이다

춘향이는 끝내 햄버거를 먹지 않을 것이다

햄버거가 주관식이란 걸 처음 알았어요.

가령 논술 시험에 이런 문제가 나온다면? 패스트푸드점에 나타난 춘향이가 주문한 햄버거의 종류를 쓰고 그 이유를 구체적으로 서술하라.

오 마이 갓! 그때 나는 도서관에서 책을 읽고 있었는데, 패스트푸드점에선 춘향이보다 먼저 등장한 30대 남자가 알바생에게 햄버거를 던졌다고 해요. 햄버거 종류를 다 설명하라고 시비를 걸고 말이죠. 한마디로 변학도보다 더 악랄한 인간이죠. 항쇄족쇄를 채우는 건 당연한 일.

문제는 나였어요. 내가 좋아하는 한우불고기버거부터 새우버거, 와일드슈림프버거, 랏츠버거, 데리버거, 핫크리스피버거 등등…… 햄버거 때문에 머리가 폭발할 것 같은 한순간 얼마나 다행인 줄 몰라요. 느닷없이 중 3 때의 첫 입맞춤이 떠올랐거든요. 글쎄, 햄버거랑 그게 무슨 상관인지는 알려고 하지 마세요. 19금이니까요.

키스가 주관식이란 사실 또한 그때 처음 알았어요. '키스는 영혼이 육체를 떠나가는 순간의 경험'이라는 플라톤의 문장에 꽂혀 있었거든요. 아니, 아니에요. 솔직히 햄버거의 종류를 생각하다 보니까 키스의 종류가 궁금했어요. 아니, 키스가 하고 싶었어요. 오 마이 갓! 문제가 더 복잡해졌어요. 햄버거의 종류와 키스의 종류 중 어느 게 더 많은지 쓰고 그 이유를 비교 분석하라.

버드 키스, 크로스 키스, 햄버거 키스, 에어 클리닝 키스, 슬라이딩 키스, 인사이드 키스, 프렌치 키스……

배가 고픈 건 아니었지만 도서관을 나와 패스트푸드점으로 갔죠. 햄버거가 주관식이라면, 춘향전도 19금이 될 수 있다는 걸 처음 알았죠. 한우불고기버거를 주문하고 기다리는데 자꾸 중 3 때의 첫 입맞춤이 떠올랐죠. 얼굴이 불끈불끈 달아올라 한 입도 베어 물 수가 없었죠. 오 마이 갓!

'입과 입을 마주하니 려(呂) 자가 되더라'*

가을 2

"쌤은 몬 알아들어예.
그냥 쌤 볼일이나 열씨미 보이소."

공부에는 이상이 있습니다 그러나
사랑에는 이상이 없습니다 반대로
사랑에는 이상이 있습니다 그러나
공부에는 이상이 없습니다 그래서

....

어느 쪽에 이상이 있는 게 나을까
어느 쪽에 이상이 없는 게 나을까

....

교실 한쪽 구석에 모여
머시라머시라 수군대는 단풍잎들
수족관 속 가을 전어 떼처럼
반짝이는 단풍잎들

조각 외모에다 모솔이라 안 쿠나

서울서 나고 자랐다 카던데 여기까지
우째 내려왔노?

새로 오신다는 선생님을 접시에 올려놓고
머시라머시라 수업 시간 종이 울려도
머시라머시라 안 하던 빗질까지 해 대며
머시라머시라 하는데,

너흰 수업 준비 안 하고 또 무슨 작당이고?

때마침 복도를 지나가다 툭, 던져 놓는
담임 선생님 얼굴 앞에 단풍잎들이
한입으로 내뱉는 말

머라 카노?

컵라면

24시 편의점은 19금에 가깝다
컵라면을 먹을 때마다 달에서 그 애가
폴짝, 뛰어 내려온다

컵라면 하나에 코를 박고 죽자는 듯
후~후~ 아무리 불어도 뜨거운
컵라면

문득 길바닥에 엎질러진 둘의 그림자가
밤보다 더 어둡다는 내 생각은
대학까지 갈 수 있을까?

금방이라도 부러질 것 같은 젓가락 내려놓고
물끄러미 올려다보는 달이 멈칫, 한다

컵라면보다 더 뜨거워진 내 머릿속을
뒤적거리고 있었던 게 틀림없다

독서실에 가기 싫다, 시험은 코앞인데
그 애가 자꾸 보고 싶은 내 몸과 마음은
한순간 월식이다 기어이
19금의 밤이다

제아무리 깜깜한 하늘일지언정
달은 저 혼자 많이 놀아 봤다고 한다

컵라면 속에 머리 집어넣고
그 애가 잠든 아파트 꼭대기까지
올라가 본다

달이 삼각김밥 같다

제5부

한밤중
학교에서
생긴 일

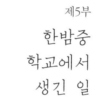

울고 싶은 날

내가 밤이라고 생각하니까

달은 다른 날보다 더 나를

많이 사랑하는 것 같다

한밤중 학교에서 생긴 일

우리 학교에 유령이 산다고 했다. 유령으로 변장한 사람이라고
우기는 애들이 있는데 결국에는 같은 내용이다. 유령일 수 있지만
유령이 아니고, 사람일 수 있지만 사람이 아니라는 말로
즉 유령도 사람의 일종이고 사람도 유령의 일종이라는 얘기다.

공부와 담을 쌓고 오로지 열심히 노는 친구가 어느 날
밤 학교에 갔다
혼자 가서 교실에 앉아 손을 들고 중얼거렸다

내 인생은 왜 날마다 예고편 같을까?

어디에도 선생님은 보이지 않았다
유령으로 변장한 내가 가만히 속삭여 주었다 그만큼 네
가 뜨겁다는 얘기,라고
검은 밤이 흰 밤이 될 때까지

(암전)

유령처럼 책상에 엎드려 울고 있었다 우리는 가끔씩 암
전이다
영화 보러 간 극장의 불이 꺼지듯

사고를 치든 안 치든 엄마나 아빠를 부르면 대책이 없었
다 가끔씩 학교는
　사람이 아니라 유령을 원하는 그런 곳일까? 친구가 다시
중얼거렸다
　집에서도 유령처럼 살았는데 언제쯤이면
　진짜 유령이 될까?

　한순간 분노가 치민다는 듯 친구가 교탁 위로 올라갔다
그리고
　눈이 퉁퉁 부은 얼굴로 소리쳤다

　학교를 물리칩시다!

　어떤 고민과 외로움과 슬픔을 갖다 버릴 곳 어떤 위로와
사랑을 찾아서
　가져올 곳 그런 곳이 아니라면, 사람을 물리칩시다!

　벗을 수 없어 몸이 되어 버린 것들을 생각한다*

공부와 담을 쌓고 오로지 열심히 노는 친구를 따라 학교
에 가서
나는 처음으로 주인공이 된 나를 발견했다

* 안희연 「캐치볼」에서.

영혼 산책

개나 고양이는 너무 상투적이고
어항 속의 금붕어나 구피는 라면을 먹고 잔
다음 날 퉁퉁 부어오른 아침의 눈곱처럼
사소하지

호랑이다, 나는 호랑이 한 마리를 가졌다
정확하게 말하면 가난한 엄마가 가난한 아빠를
위로하는 집안에서 호랑이 한 마리를
키운다

내가 사는 동네 작은 공원은 우리 집 정원
내가 가고 싶은 대학 도서관이나 시립 도서관을
서재로 이용하는 나는, 내가 생각해도
팔뚝이 좀 굵다

야자가 없는 날 저녁에는 호랑이를 데리고
산책을 나가지 세상을 다 잡아먹을 듯한
그런 눈빛으로 세상을 구경하지

학교를 데리고 길가의 깡통이나 돌멩이를 차 보다가
코를 풀다가 으르렁, 울기도 하면서 나는
동물원으로 소풍 온 아이처럼 내가 살아가야 할
세상을 구석구석 살피지

성적 증명서나 생활 기록부 따위가 문제가 아니라고
생각했다 좋은 학교나 집이 필요한 게 아니지
나는, 내가 나답게 살 나라가 필요했지

호랑이는 알지 내가 왜 혼자서 자주 우는지
나는 호랑이를 데리고 내가 모르는 어둠의 끝까지
갔다 돌아오곤 하지

언젠가 선생님도 알게 되겠지
내가 키우는 사랑과 영혼은 오로지
미래를 위한 사육장이나 SF 로맨스 따위가
아니라는 걸

코끼리를 업고 다니는 소녀

시험지를 버리러 가는 마음으로
걷다 보면, 머리가 모자 같다는 생각으로
학교와 학원을 오가다 보면
몸을 책가방보다 멀리 던질 수도
있겠다는 기분이 들지. 두 다리가 슬슬
달아날 준비를 한다는 느낌이
당황스러울 때쯤이면, 그 자리에 딱
얼어붙어야 하는 일이 생기지.

동화 속을 걸어 나온 듯한
소녀를 만나게 되지.

더는 가지 마세요.
보이세요? 저는 코끼리를 업고 다녀요.

몸보다 무거운 마음을 감당하려면
원숭이나 곰 인형 따위론 안 되거든요.
공부나 사랑을 머리로 하려고 하는 사람들에게

세상은 절대 친절하지 않아요.
차라리 집이나 학교를 버리는 건 어때요?
죽을 때까지 버릴 수 없는 건 가슴으로
해야 한대요. 우리 같이 좀 걸어요.
코끼리를 안아 주면 고맙고요.

저는 코끼리를 핑계로 버렸던
책상을 데리러 왔어요.

코

교복 속이나 학교 책상 밑에
코를 묻어 놓고 산다는 것은 숨 막히는 일
우리는 이미 여러 번 죽었는지 몰라

두 개의 콧구멍이 걷는다
하나의 코가 될 때까지

우리가 만나 코끝을 마주한 지 백 일
피노키오처럼 길쭉하게 자라는
너의 코가 얼마나 예쁜지

입구만 있으면 출구가 없어도
괜찮다고 생각했지

참 신기하지 않아?
피노키오처럼 쑥쑥 자라는 코를 맞대고
아직도 같이 살고 있는
엄마 아빠처럼

우린 다음 생을 건너가는
연인이니까 하나의 코에 매달린
두 개의 콧구멍이니까

칫솔

치약을 칫솔에 꾹 눌러 짜는 중이야

네 입에서 욕이 뛴다고 생각해 봐
네 입에서 남의 침이 튄다고 생각해 봐
네 입에서 오줌이나 똥이 튄다고 생각해 봐

치카치카 치카치카 치카치카

입안 가득 거품 물고 네게 가는 중이야

네 입에서 내 칫솔이 논다고는 생각하지 마
칫솔이 살살 사랑니에 닿으면 19금이야
네 입에서 꽃이 튄다고 생각해 봐

심장이 따라 뛸 거야 치카치카

네 입안으로 내 혀가 들어가 잠시
산다고 생각해 봐

죄의 발견

열일곱 살이 되고 나니
놀라운 일이 한두 가지가
아니다 가장 놀라운 일은
사랑을 발견하는 일, 그깟 일이
뭐라고 하면서 거들먹거리는
너는 누구나 인생은 초보라는
사실조차 모르는
아마추어
참 놀라운 일이다
사랑을 발견하는 일이
곧 죄의 발견과 맞물려 있다는
사실 그러니까 그 애를
사랑하게 된 뒤 알았다 나는
괴물이 되었다는 걸 다행이라면
아름다운 괴물이란 사실
한순간 사랑이 바닥났다는 걸
열부 났네, 하고 비웃는
너 또한 아마추어

그 애에게 다 주고 남은
사랑이 없는 나는 걸핏하면
으르렁대지 선생님도
눈에 뵐 않지
고아였으면 싶었지
그러니까 나도
아마추어
그러나 나는 결심했지
프로가 되기로, 그 애에게
몽땅 바친 사랑을 누룽지처럼
조금씩 훔치기로 했지
부모님과 선생님께 조금씩
나눠 주고 옆집 개에게도
아량을 베풀기로 했지
참 놀라운 일이다
사랑을 꺼내는 열쇠가
죄라는 건 죄를 꺼내는 열쇠가
사랑이라는 거짓말 같은

사실은,

,

자전거에

　처음으로 눈 맞추고 처음으로 손잡고 처음으로 뽀뽀를
하고 처음으로 자전거 뒤에 태우고 휘휘 휘파람 날리며 지
구 한 바퀴, 훗날 아주 먼 훗날 이젠 싫어졌다고 헤어지자
고 하더라도 그냥 가만히 도로 한복판에 묶인 공용 자전거
처럼 휘휘 처음으로 눈 맞추고 처음으로 손잡고 처음으로
뽀뽀를 하고 처음으로 자전거 뒤에 달을 태우고 휘휘 큰곰
자리 물병자리 사자자리 별자리 몇 개쯤은 숨도 쉬지 않고
휘휘 휘파람 불며 다시 처음부터 자전거 뒤에 너를 태우고
세상에 없는 세상을 데리고 나올 때까지 휘휘

아무도 모르게

간다, 아무도 모르게

아무도 없는 학교에 가서 의자도 모르게
앉아 있다 아무도 모르게 있고 싶어서
공부도 모르게 놀고 수업 시간엔
아무도 모르게 졸고 책상도 모르게 엎드려
자고 화장실에 가서 바지 지퍼도 모르게
오줌을 누고 엉덩이 모르게
응가도 한다

참 좋다 아무도 모르게

만나는 이야기, 아무도 모르게 헤어지는
이야기, 아무도 하지 않은 이야기
아무도 듣지 않는 이야기를 하다 보면
슬그머니 내가 좀 멋지다는 생각이 들어서
훗훗 웃다가 아무도 모르게 완전히 망친
시험지가 얼굴에 붙었다는 것도

잊고 운동장으로

아무도 모르게 울러 간다
멋지게 똥폼 개폼 온갖 폼 다 잡고
내가 설 자리는 어디에 있을까
앉을 자리와 누울 자리야 어디든
마음만 먹으면 찾을 수 있을 것 같은데
아무도 모르게 답을 찾는 데는 매번
실패지만 문제를 찾는 데는
성공할 것 같은데

울 수조차 없다 아무도 모르게

당장 발등에 떨어진 불부터
꺼야 하는데 너는 알까?
내가 나를 울어 주어야 하는 이야기
아무도 모르게 혼자
슬퍼할 시간도 없어서

내가 나를 떠나는
이야기

박정임 한정판

태어날 때부터 그랬던 것처럼 그녀는 누워만 있었다 일년이 넘도록, 창원 파티마병원에서 고관절 수술을 받고 요양 병원으로 옮긴 이후 나는 그녀가 걷는 것을 보지 못했다 잠든 그녀의 모습을 보면서 어딘가를 향해 가는 중이라는 걸 눈치챘을 뿐이다 속눈썹을 가늘게 떨면서 그녀는 허겁지겁 걸음을 옮기고 있었다 나는 모르는 척 그녀가 누워 있는 병실을 나와 먼 산을 쳐다보았다

문득 그녀가 누워 있는 곳은 요양 병원이 아니라 학교라는 생각이 들었다 학교 화단에 핀 샐비어며 칼랑코에, 패랭이 등 작은 꽃들마저 일어나 손을 흔들고 있었다 다른 학교로 전학 가는 소녀를 바라보듯 휠체어 탄 노인들이 물끄러미 그녀의 뒷모습을 쳐다보고 있었다 수업 중이던 아이들이 책을 집어 던지고 교실 창가로 몰려들었다 운동장을 가로지르는 그녀를 향해 손나발을 불었다

야, 박정임! 아직 수업이 남았다고, 수업 끝나고 먹기로 한 김밥과 떡볶이는

또 어떻게 할 거냐고,

* 시(詩)가 병문안을 왔다. 요양 병원에 계신 어머니 몰래 와서는 어머니 옆에 나란히 누워 주무신다.

기적 가까이

무티 똥을 치우면서 생각한다

처음 왔을 땐 낮에도 밤에도 울기만 했던
고양이, 눈도 제대로 못 뜨고
엄마 아빠를 놓친 무티

전학 오듯 내가 초등학교 4학년 때
우리 집에 와서 같이 밥 먹고 중학교를 졸업하고
어느덧 고딩

말 못 하는 짐승이지만 울음만큼은
염치가 있다는 듯 똥글똥글 제 똥과 함께
모래 속 봉분으로 묻은 다음 가만히 다가오는
무티 앞에서

나는, 내가 싼 똥마저 아직 제대로
처리하질 못해 징징대고 있다는
생각

걱정이다, 비록 꼴통이란 소리를 듣고 살지만
나는 명색이 사람인데, 무티보다는 폼이 나야 하는데
내 밑은 내가 닦아야 하는데

끔찍하다, 곰처럼 곰곰 생각하다 보면
엄마 아빠는 똥보다 먼저 나를 치워 버릴
음모를 꾸미고 있을지도 모른다는
생각마저 든다

그렇다, 하루하루가 기적이다 나는
기적 가까이 산다 내일쯤이면 내가 싼 똥을 내가
당당하게 내가 나를 치울 수 있을 것이다

무티 똥을 치우면서 나는, 나라는
기적을 생각한다

누울 자리

할머니가 돌아가셨다
할아버지 돌아가시고 십 년을 혼자 사신
할머니, 십 년 전의 할아버지 옆에
다시 누웠다

할머니와 할아버지의 합장을 지켜보던 내내
마음이 참 따뜻했다

아빠 차를 타고 집으로 돌아오는데
엄마가 하는 말

지금이 가장 중요한 시긴데
시간을 너무 많이 빼앗겨
어떡하니?

참 따뜻했던 하루가 다시 오싹해졌다

학교에서도 집에서도

누울 자리가 없다 가만히 몸 구겨 앉힌
아빠 차 뒷자리마저 그렇다

대학은 코앞인데, 내 인생 내 사랑은
얼마나 멀까?

누군가는 말해 주어야 하는데, 그렇지 않으면
내가 말하고 내가 들어야 한다고

슬그머니 누워 보지만 항상
어딘가에 도착해 있고 또 어딘가로
그곳이 어딘지도 모르면서
다시 가고 있다

오래 걸려요

비가 와요
언제까지 올지 모르겠지만
시간이 좀 걸려요 비가 내게
오기까지는

빗소리를 붙잡아 보려고 해요
오늘은 누워서

떠나려면 떠나요 그러나
좀 오래 걸려요

당신에게 갔던 내가
다시 내게로 돌아오는
일이잖아요

나중에 와요 다시
비처럼 와요

당신에게 가고 싶은 내가
나를 붙잡을 수 있을 때까지

그때까지 울 수 있을지는
잘 모르겠어요

호모 아만스를 위한 시

김제곤 문학평론가

1

김륭 시인은 2007년 시와 동시로 등단하여 십 년 넘게 꾸준히 시를 써 왔다. 그동안 여섯 권의 동시집과 두 권의 시집을 내며 동시인과 시인으로서의 임무를 누구보다 충실히 해 온 시인이다. 특히 그는 동시에서 새로운 말법과 표현으로 독창적인 시 세계를 보여 줌으로써 2010년대 동시단을 풍성하게 가꾼 시인 중의 한 사람이다.

동시와 시를 넘나들며 오로지 자신만이 보여 줄 수 있는 언어와 상상력을 유감없이 펼쳐 보여 준 시인임에도 그는 그동안 청소년시 분야에서는 이렇다 할 활동을 보여 주지 않았다. 아니, 좀 더 정확히 말하자면 그는 2010년 이후 쓰이기 시작한 청소년시에 대해 다소 유보적인 태도를 지녔던 시인으로 파악된다.

시에 청소년이란 레테르가 붙는 순간, 시는 문학이 아닌 교육이 되고 그 교육은 시 나아가 문학 자체를 망하게 할 공산이 크다. (…) 청소년들의 정서와 관심에 부응하는 시가 많이 창작된다는 것이 얼핏 고무적인 사실일 수 있지만, 그것이 성인과 나이에 따른 명시적인 위계 구분으로 이어질 경우 분명 약보다 독에 가깝다.(김륭,「하이틴 로맨스와 19금 사이」,『동시 마중』2013년 7·8월 호)

그는 "청소년들의 정서와 관심에 부응하는 시"가 많아지는 현상이 말 그대로 바람직하기만 한 일일까 회의한다. 시에 '청소년'이라는 레테르가 붙는 순간, 그 시는 어떤 틀(가두리)에 갇히는 문학으로 전락할 가능성이 많다고 보기 때문이다. 만약 청소년시가 존재해야 한다면 청소년이라는 말에 방점을 찍을 게 아니라 어디까지나 "끊임없이 혁명과 쇄신이 가능한", "창의적이고 새로운" 시에 찍어야 함을 그는 강조한다.

김륭이 보여 준 청소년시에 대한 이러한 태도에서 우리는 그가 청소년시를 무작정 외면하려는 사람이 아니라 진정한 청소년시란 무엇이어야 하는지를 고민하려던 사람임을 짐작해 본다. 그가 쓴 시나 동시가 그랬듯, 그가 생각하는 청소년시란 "시대에 적응해 가는 시"가 아니라 그 "현실 너머"에 있는 "세계의 바깥을 궁리"하도록 하는 시이다. 자신의 동시에서 앞 세대가 추구해 온 관습과는 다른 독창적인 비유와 진술 방식을 택함으로써 그 경계를 넓힌 것처럼, 김륭은 청소년시에서도 새로운 언어 감각과 발상을 펼쳐 보이며 독자로 하여금 세계에 대한 인식을 확장해 가도록 유도한다.

2

김륭의 청소년시집 『사랑이 으르렁』은 표제 그대로 '사랑'을 키워드로 한다. 수록된 65편의 시 가운데 '사랑'이란 시어가 등장하지 않는 시가 거의 없을 정도로 이 시집은 줄기차게 사랑에 대해 말하고 있다.

　　다리가 많다고 신발이 많다고
　　너에게 갈 수 있는 건 아니지

　　수백 개의 다리를 가진 다족류
　　밀리페드라고 한들 다를 건 없지

　　시험에도 나오지 않는
　　너라는 책을 읽다가 알았지
　　말로도 발로도 다 할 수 없는 사랑이 있고

이별이 있다는 걸

그러니까 모든 연애는 주관식
뒤에서부터 읽어야 하는 책도 있지
그래서 그래

오늘부턴 좀 멋지게 걸어 볼래
난 이미 너에게 도착했으니까

심장으로 걸어 볼래

　　　　　　　　　　　　　　　—「심장으로 걸어 볼래」 전문

　누군가를 사랑한다는 것은 "시험에도 나오지 않는" 책을 읽어 가는 것과 같다. 그 읽는 행위에는 정해진 답과 순서가 있는 것이 아니다. 그것은 '말'(머리)이나 '발'(몸)에 기대어서는 도달할 수 없다. '나'를 사랑으로 이르게 하는 것은 오로지 '심장'(마음)이기 때문이다. '나'는 그 심장으로 인해 "이미 너에게 도착했"고, 앞으로도 계속 그렇게 '너'에게 가기 위한 걸음을 지속할 것이다.

　이 시는 사랑하는 상대에게 보내는 간절한 연시(戀詩)이면서, 우리에게 사랑의 정체가 무엇인지를 환기한다. 시집 맨 처음에 실린 이 작품은 이 시집의 서시(序詩)와도 같다. 시인은

사랑하는 '너'에게 가기 위해 분투하는 시적 주체를 통해 이른
바 '심장으로밖에 걸을 수 없는 길'을 모색하게 함으로써 우리
에게 사랑이 무엇이고, 또 무엇이어야 하는지를 끊임없이 질문
한다.

> 그래 그거야 사랑이 훅, 들어올 때
> 나는 나를 다시 발견할 것이다
>
> ─「여여(如如)」부분

시인이 많고 많은 말 가운데 이렇듯 사랑이라는 키워드를 앞
세운 까닭은 무엇일까? 청소년기가 그 어느 때보다 왕성하게
사랑을 나누어야 하는 시기라 생각했기 때문일까. '아프니까
청춘이다'가 아니라 '사랑하니까 청춘이다'? 아닌 게 아니라
바야흐로 인생에서 꽃에 비유되는 시기, 바로 청소년기이다.
사랑이야말로 이팔청춘 혹은 질풍노도의 시기와 어울리는 안
성맞춤의 말이 아닐 텐가. 결국 시인은 '청소년들이여, 마음껏
사랑하고 연애하라!'는 주문을 하고 싶었던 것일까? 청소년시
가 존재해야 한다면 청소년에 방점을 찍을 게 아니라 창의적이
고 새로운 시에 찍어야 함을 강조했던 시인이고 보면 그 지향
점이 꼭 거기에만 있었다고 보기는 어려울 것 같다.

> 살짝 뽀뽀는 되지만

132

키스는 안 돼

하나가 되는 건 좋은데

그건 하나가 녹는 거야

하나가 녹으면 하나도 따라

녹아야 진짜 하나야

그렇게 녹아 없어지는 거야

그런 사랑을 못 해 봤으니까

싸우는 거야

우리 엄마 아빠처럼

하나가 녹지 않는 거야

하나가 녹지 않으니까

다른 하나도 녹지 않는 거야

할 일이 뭐 있겠어

싸울밖에

사랑은 참 어려운 거 같아

우린 얼마나 다행이니

태어날 때부터 19금이니까

해마다 다시 태어나는

눈사람이니까

—「19금」전문

우선 이 시의 화자는 누구일까를 생각해 보자. 스스로를 '눈사람'이라 칭하는 시적 화자는 아직 스무 살이 넘지 않은 청소년기의 화자임을 유추할 수 있다. 이 시는 그러한 시적 주체가 설파하는 일종의 '사랑(연애)론'이다. 이 시의 화자는 사랑의 상대에게 "하나가 녹으면 하나도 따라 / 녹아야 진짜" 사랑이라고 말한다. 스스로 터득한 그 사랑의 방정식에 대입해 보자면 엄마 아빠는 사랑을 온전히 아는 어른이 아니라 진정한 사랑을 몰라 늘 실패하는 미성숙한 존재에 불과하다. 이에 대비되는 화자는 "사랑은 참 어려운" 것임을 인정하면서도 눈사람처럼 자신을 온전히 녹여 사랑을 완성하려는 열망을 가졌다. 그러므로 그는 "태어날 때부터 19금"이다.

> 우리에게 공부가 전부라면
> 매미의 전부는 울음이다
>
> 누가 더 인간적인지 묻고 싶을 때가 있다
>
> ─「백일홍」 부분

온전한 사랑을 영위할 능력은 일정한 시간의 흐름이나 정해진 학습을 통해 주어지는 것이 아니라 자신에게 부여된 목숨처럼 "태어날 때부터" 갖게 되는 것이어야 진짜라는 것을, 그래야만 사랑에 대한 열망이 무엇보다 눈부시고, "해마다 다시 태어나는 / 눈사람"처럼 영속적인 생명력을 부여받을 수 있음을

이 시는 보여 준다. 다시 말해, 누군가를 진심을 다해 사랑한다는 것은 곧 자신의 전부를 쏟는 것과 다름없다. 마치 공부가 전부인 것처럼 책상에 앉아 있는 '우리'와 울음이 자신의 전부인양 온몸으로 울고 있는 '매미' 가운데 "더 인간적인" 쪽은 과연누구인가.

3

　　베란다 건조대에 널어놓은 교복에서 뚝뚝 학교가 떨어졌다 학교가 떨어지자 선생님이 떨어졌고 나도 구멍 난 양말처럼 떨어져 있다 교복은 이제 날아갈 일만 남았다 먹물을 다제거한 대왕오징어처럼 말라 가는 교복, 가벼워져 가는 교복, 마른오징어 같은 일요일 나는 머리에서 종소리가 나도록오징어 다리 질겅거리며 교복이 세상 밖으로 날아가기를 기다려 보는 것이다

— 「일요일」 전문

이 시를 단지 학교 공부가 싫어 일탈하고 싶어 하는 청소년의 마음을 그린 시라 단정할 수 있을까. 이 시에 등장하는 시적화자의 진술 또한 어찌 보면 '인간적인 사랑'을 간절하게 갈구하는 목소리의 하나로 읽힌다.

인간의 바람직한 유형을 지칭하는 말 중에 '호모 아만스 (Homo amans)'라는 말이 있다. 우리말로 '사랑하는 인간'을 뜻 한다. 호모 아만스는 '저항'과 '관용'이라는 두 가지 정신을 바 탕으로 한다. 사랑하는 인간은 모든 사회적·심리적 차별을 거 부하는 존재로서 자신의 처지에 좌절하지 않고, 자신을 부자 유하게 하는 관습과 도덕, 법에 도전하는 마음을 지닌다고 한 다. 이 '저항하는 호모 아만스'와 짝을 이루는 것이 바로 '관용 하는 호모 아만스'이다. 호모 아만스는 모든 생명 앞에서 겸허 하고 자신이 아닌 타인을 관용하는 마음을 지닌다. 성, 나이, 인 종의 차이에 따른 차별을 용인하지 않고 타자의 삶을 깊은 마 음으로 이해하고 관대하게 대하는 것이 바로 호모 아만스의 또 다른 모습이다. 이렇듯 호모 아만스는 저항과 관용의 정신으로 사회 제도가 만들어 낸 우리 사회의 온갖 부조리를 치유하는 역할을 감당한다(박설호, 『호모 아만스, 치유를 위한 문학·사회 심리학』, 12~24면). 말하자면 이 시집에서 김륭이 말하는 '사 랑'이란 바로 그 호모 아만스의 사랑에 비유될 수 있지 않을까.

쌤들은 그냥 지나가시길, 물소처럼 얼룩말처럼
들어도 못 들은 척 무사히 지나가시길, 부디
공부 따윈 입에 담지도 마시길.

으르렁, 사랑하고 싶은 것이다. 으르렁!

사랑받고 싶은 것이다.

바로 지금이다, 으르렁. 지금 으르렁대지 않으면
어디 한번 제대로 울어 보기나 하겠는가.

—「사랑이 으르렁 2」 부분

이 시에 등장하는 시적 화자도 '저항하는 호모 아만스'라 할
수 있을 것이다. "염소수염 같은 잔소리"(「Happy Birthday」)와
"정육점 칼 같은"(「돼지 자소서」) 말밖에 할 줄 모르는 선생님들
에 맞서 우리의 '호모 아만스'는 "아무리 시간이 없다고 해도 /
사랑하거나 이별할 시간은 있어야 하는 거라고"(「시험 기간」),
그 시간이 "바로 지금"이라고 "으르렁!" 외친다.

몸보다 무거운 마음을 감당하려면
원숭이나 곰 인형 따위론 안 되거든요.
공부나 사랑을 머리로 하려고 하는 사람들에게
세상은 절대 친절하지 않아요.
차라리 집이나 학교를 버리는 건 어때요?
죽을 때까지 버릴 수 없는 건 가슴으로
해야 한대요. 우리 같이 좀 걸어요.
코끼리를 안아 주면 고맙고요.

—「코끼리를 업고 다니는 소녀」 부분

다시 말하거니와 김륭이 그리고 싶은 사랑은 단순히 청소년기에 갖게 되는 풋풋한 연애 감정 따위에만 머물지 않는다. 그것은 차라리 제도나 질서, 금기에 짓눌려 상처 입은 누군가의 마음을 보듬고 치유하고자 하는 열망에 닿아 있다. 떨어진 시험 성적 때문에 잠깐 "몸을 책가방보다 멀리 던"져 보려고도 했던 또래에게 건네는 소녀의 유대 감정은 타자의 삶을 깊은 마음으로 이해하고 진심으로 대하려는 자세를 지닌 호모 아만스의 또 다른 면모가 아닐까. 그와 같은 사랑의 마음을 가짐으로 해서 내 속에 잠재된 내면의 소리와 보이지도 않고 들리지도 않던 존재들의 간절한 외침을 우리는 비로소 듣게 되는 것이다.

길가의 꽃들이
눈에도 보이지 않는 벌레들이
어쩐지 발길에 툭툭 차이는
돌멩이들이

호랑이도 아니면서
으르렁, 한다

너를 끝끝내

잊지 않을 나의 야생이
사랑이란 가죽을
뒤집어쓰고

시동이 꺼진
구름에게도 으르렁
인사를,

—「사랑이 으르렁 3」 전문

4

지난 십 년간 청소년시는 여러 시인들의 노력으로 어느 정도의 성과를 쌓아 왔다. 그러나 청소년을 위한 시라는 명목 아래 더러는 청소년시를 획일화된 시법에 가두는 결과를 초래했다. 청소년이 겪는 현실에 주목하면서 청소년 독자가 공감하는 친절한 어법을 구사해야 한다는 것은 청소년시의 한 방책일 수는 있으나 전부일 수는 없다.

비가 사람을 입고 걸어간다

아무도 시키지 않은 일을

하면 할수록 더 외로운 일을

공부보다 열심히 참 잘했다

지나간 내 사랑을 생각한다

─「비옷」전문

　김륭은 새로 선보인 청소년시에서 예의 독특한 어법과 상상력으로 우리의 삶을 숙고하도록 한다. 시인은 '사람이 비옷을 입고 걸어간다'는 일상적 문맥에서 비약하여 '비가 사람을 입고 걸어간다'고 말한다. 비가 사람을 입고 걸어간다니! 쉽게 해석되지 않는 문장이다. 그러나 이와 같이 알쏭달쏭한 문장을 써 놓음으로 해서 우리는 제목으로 쓴 '비옷'이라는 시어가 함축한 의미와 "아무도 시키지 않은 일", "하면 할수록 더 외로운 일"이 무엇인지 곰곰 생각하고, 또한 그것이 "지나간 내 사랑을 생각"하는 행위와 어떤 연관이 있는지 골똘히 생각할 기회를 얻는다.

　김륭 특유의 이러한 말하기 방식은 확실히 이전에 나온 청소년시들과 모습을 달리하면서 우리에게 새로운 독법을 요구한다. 그가 선보인 동시들이 그랬듯, 이 시집에도 관습적이고 상투적인 독법으로는 쉽게 접근하기 어려운 작품이 여럿 들어 있다. 그러나 이 시들에 지레 고개를 돌릴 필요는 없을 것이다. 앞에서도 잠깐 언급한 것처럼 이 시집은 사랑에 관한 의미를 탐

구하는 시집이다. 그러한 시적 기조를 염두에 두면서 개개의 시편들을 서로 연결 지어 감상하다 보면 시적 의미가 좀 더 깊이 다가오는 것을 느낄 수 있다.

시인은 「달걀 1」이라는 시에서 클라리시 리스펙토르의 소설 「달걀과 닭」의 한 대목을 인용해 놓았다.

내가 달걀에 대해서 모르는 것, 그것이야말로 진짜 중요하다. 정확히 내가 달걀에 대해서 알지 못하는 바로 그것이 내게 달걀을 준다.

'달걀'이 있는 자리에 슬쩍 '시'를 넣어 본다. '내가 시에 대해서 모르는 것, 그것이야말로 진짜 중요하다. 정확히 내가 시에 대해서 알지 못하는 바로 그것이 내게 시를 준다.' 김륭의 시는 우리가 정확히 알지 못하는 바로 그 지점에서 문득 발화하여 우리가 쉽게 맛보지 못했던 묘한 매력을 던진다.

내 사랑은 뇌가 없어서

열 페이지 정도를 읽고 난 뒤 가만히 눈을 감았으면 한다. 가만히 귀 기울여 으르렁, 제각기 페이지를 넘기던 당신 안에서 사랑이 우는 소리를 들었으면 한다. 그리고 나는 내 이야기를 갖고 있구나, 하고 말할 수 있었으면 한다.

무슨 이야기를 하는 것인지 좀 어렵다고 말하는 아무개 씨나 아무튼 씨가 있을 것 같다. 나 역시 동의할 수밖에 없다. 이유는 확실치 않다. 당신이 열 페이지 정도를 읽는 동안 나는 열 페이지 정도를 쓰고 있었기 때문이라고 그럴듯하게 둘러댈 수도 있겠지만, 정말 모른다. 나는, 나도 모르는 이야기가 내 안에서 살고 있다는 것을 말할 수가 없다. 내가 아는 건 단지 하나, 사랑은 머리로 이해하는 것이 아니라는 것. 그러니까 사랑이 변하지 않았기 때문에 사람이, 그리하여 세상의 모든 것이 변했을 것이라는 구름의 문장을 읽고 난 뒤의 이야기이다.

입이 모르는 일이 있고, 눈을 감아도 지나가지 않는 것이 있다. 그렇다면 모자에서 토끼나 비둘기를 꺼내 보여 주는 일쯤이야 생각보다 간단하다고 말할 수 있었으면 한다. 내가 내 안에서, 내가 당신 안에서, 사람이 사람 안에서 사랑을 꺼낼 수만 있다면,

문득 심장이 하는 말을 들었다.

나는 나를 으르렁, 당신은 당신을 으르렁, 끝까지 사랑을 울어 줄 일만 남았다. 지금 열 페이지 정도를 읽은 당신과 열 페이지 정도를 쓰고 있는 나는 제각기 사랑을 데리고 어디까지
으르렁, 갈 수 있을까?

2019년 하늘에 그어 놓은 밑줄이 쏟아지던 어느 가을
김륭

창비청소년시선 25

사 랑 이 으 르 렁

초판 1쇄 발행 • 2019년 11월 20일

지은이 • 김륭
펴낸이 • 강일우
책임편집 • 한아름·박문수
펴낸곳 • (주)창비교육
등록 • 2014년 6월 20일 제2014-000183호
주소 • 04004 서울특별시 마포구 월드컵로12길 7
전화 • 1833-7247
팩스 • 영업 070-4838-4938 / 편집 02-6949-0953
홈페이지 • www.changbiedu.com
전자우편 • textbook@changbi.com

ⓒ 김륭 2019
ISBN 979-11-89228-68-2 44810